El castigo de Lucas

El castigo de Lucas

Francisco Hinojosa

Ilustraciones de Ignacio Zárate Huizar

NOSTRA EDICIONES

Este cuento fue escrito con el apoyo
del Sistema Nacional de Creadores de Arte.

El castigo de Lucas
Francisco Hinojosa

Segunda edición: Producciones Sin Sentido Común, 2024
Primera reimpresión: Producciones Sin Sentido Común, 2019
Primera edición: Producciones Sin Sentido Común, 2014

ISBN: 978-607-8897-24-7

Impreso en México

A mi padre, in memoriam
A Isabel y Stephanie

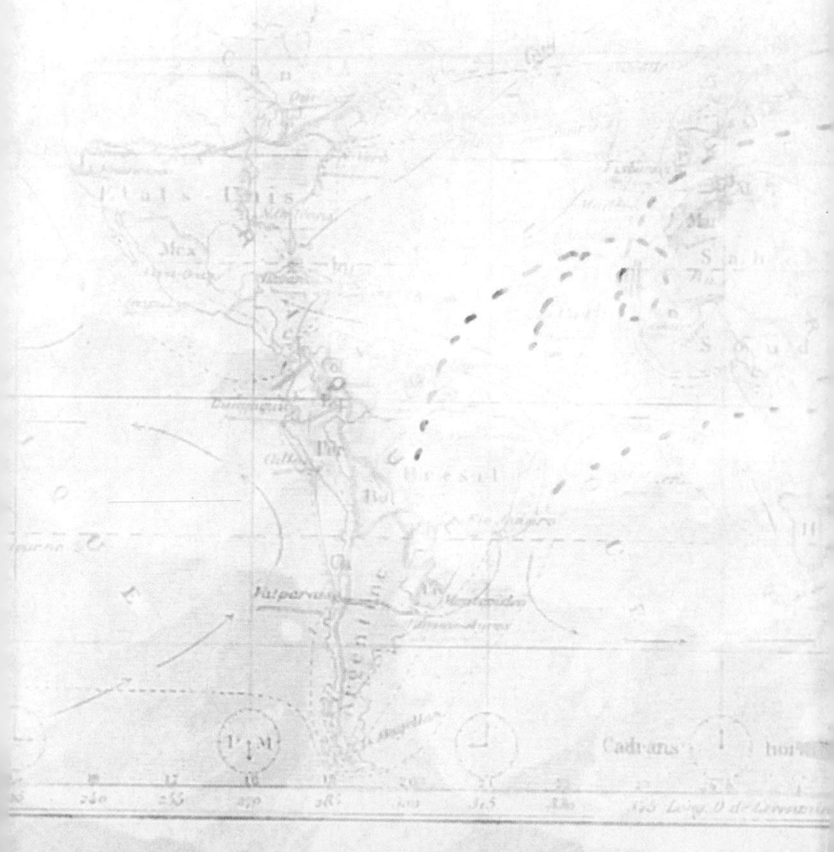
Valparaiso
Montevideo
Cadrans

BUZÓN
CORREOS DE MAZATL
28
JUN
1956
AÉREO

Uno

Aquel martes 5 de julio fue el peor día que había vivido Lucas a sus once años. Sucedieron dos cosas terribles. La primera fue que, a una semana de terminar las clases, la directora citó a su mamá en la escuela. Él sabía muy bien cuál era el motivo: había reprobado el año y tendría que repetirlo. Varios números rojos en su boleta de calificaciones lo condenaban a no avanzar junto con sus compañeros. Su mamá también sospechaba la noticia que recibiría.

Al salir de la dirección, ambos se subieron al coche. Durante el trayecto a su casa no hablaron ni una sola palabra. Tampoco cuando llegaron. Lucas se fue directamente a su cuarto y no salió de allí sino hasta la hora de la comida. Sus papás lo esperaban en el comedor para anunciarle el castigo que recibiría.

—Supongo que sabes muy bien que habrá consecuencias.

Lucas guardó silencio. Había pensado antes qué castigo le impondrían: no hacerle su fiesta de cumpleaños, no ir de vacaciones al mar o dejarlo sin domingos. Le atinó a las últimas dos cosas. Sin embargo, lo peor estaba por venir.

—Y no podrás usar la computadora hasta que nos enseñes tu boleta con un promedio superior a 7.5, ¿está claro?

Lucas asintió.

—Eso significa que no podrás usar ninguna computadora: ni aquí ni en la casa de tus primos o amigos ni en un café internet.

—Si descubrimos que nos haces trampa, los castigos van a ser mucho mayores.

—Y tampoco podrás ver televisión.

Lucas no lo podía creer. Sin internet dejaría de usar su facebook y su correo electrónico. Ya no podría chatear ni jugar los juegos que le consumían varias horas al día. Por eso, la segunda cosa terrible de ese día fue que ya no podría tener comunicación con Celia.

Dos

Lucas y Celia se encontraron un día en facebook y muy pronto se hicieron amigos. Coincidían en muchas cosas: a los dos les gustaban las pizzas, los cuentos de terror, las películas de miedo, el futbol, la lucha libre y el ajedrez. Casi todos los días tenían una conversación y con frecuencia se enviaban fotografías, música y videos o comentaban las películas que habían visto. Además, compartían algunos amigos que vivían en distintas ciudades de la república.

Celia vivía en Mazatlán, tenía también once años e iba a entrar a sexto de primaria. A diferencia de su amigo, solía sacar buenas notas en la escuela, especialmente en deportes, pues era la goleadora del equipo de futbol. Su papá era un biólogo muy reconocido, gracias a que sus estudios de los ojos de los murciélagos eran también reconocidos en el mundo. Su mamá tenía un pequeño restaurante, llamado El Pez Espada, de pescados y mariscos. Vivían los tres en una casa cerca de la playa.

Además de estudiar y jugar futbol y ajedrez, Celia tenía mucho tiempo libre durante el día para chatear con su amigo. Le gustaba salir con la cámara que le regalaron en su último cumpleaños para sacar fotos y podérselas enviar.

Lucas había nacido en Oaxaca, pero vivía desde los dos años en la Ciudad de México. Su madre era diseñadora de jardines y su padre, otorrinolaringólogo. Tenía una hermana, Elena, dos años menor que él, y un perro labrador, llamado Calcetín, con el que le gustaba ir al parque.

Desde hacía un año, a Lucas le había dado por ser inventor. Aunque decía que de grande sería astronauta, no descartaba dedicarse a inventar máquinas. Algunos de sus inventos nunca funcionaron como él quería. Como su atrapa-ratones. Sucedió que el día en el que se metió uno a su casa su mamá no supo cómo sacarlo. Lucas dijo que él se encargaría.

—Pero ten cuidado –le advirtió–, los ratones transmiten la rabia.

Lucas tomó un pedazo de queso del refrigerador y lo roció con insecticida. Estaba seguro de que así moriría envenenado. Lo dejó cerca del lugar donde se había escondido el roedor, atrás de un sillón de la sala. Él se colocó en un punto estratégico, en el que no podía ser visto por el enemigo, para observar la escena con sus binoculares. Después de un buen rato, el ratón se acercó a la carnada, la olfateó y regresó a su escondite.

Al ver que su invento había fracasado, se acordó de otro que le habían platicado en la escuela. Retiró el queso-insecticida y puso en su lugar una rebanada de jamón. Sobre ella colocó una caja de zapatos detenida con un tenedor y con un listón atado para que, en el momento en el que su presa entrara a comerse el manjar, él tirara del hilo y así quedara atrapado. Su trampa funcionó a medias: el ratón salió de su guarida, se acercó con precaución a la carnada y la tomó con la boca. En ese instante, Lucas jaló del listón. Sin embargo, la caja, antes de su caída sobre la presa, se atoró entre los dientes del tenedor. El animal salió despedido, con el jamón a medio saborear.

Todo terminó cuando su mamá se armó de valor y sacó al intruso con la escoba.

Tres

Y era cierto: lo que más le pesaba a Lucas de su castigo era interrumpir la comunicación con su amiga. Entre media hora y una hora diarias las invertía en comunicarse con Celia para escribirle,

intercambiar música y fotografías o jugar. Casi siempre se encontraban a la misma hora en facebook y, aunque no estuviera en su mente conocerse en persona, su amistad había crecido tan rápidamente que se trataban como si hubieran crecido juntos.

A la mañana siguiente, después de que su papá se fuera a trabajar en el consultorio, Lucas se acercó a su mamá:

—No es justo que me castiguen de esa manera.

—Ya estuviste mucho tiempo frente a la computadora este año, tanto que hasta se te olvidó estudiar para tus exámenes y hacer las tareas. Demasiados jueguitos, ¿no crees?

—No me importan los juegos, de verdad.

—Pero sí chatear con tus amigos y perder el tiempo –hizo un silencio–, en vez de estudiar.

—Celia.

—¿Celia? ¿Quién es Celia?

—Es una amiga.

—¿Y?

Lucas le platicó la historia a su mamá.

—Y si no le escribo va a pensar que ya no me cae bien. O que ya me morí.

—No digas tonterías.

—Pues de seguro va a pensar que ya me morí.

—Escríbele una carta y mándasela por correo, así de simple.

"Una carta", se dijo Lucas y empezó a escribirla mentalmente: "Hola, Celia: tengo muchas cosas que contarte".

—Pero no tengo su dirección.

—Para que te la dé tu amiga te autorizo escribirle un último correo electrónico. Sólo podrás pedirle su dirección. Ni una palabra más, ¿entendido?

"Hola, Celia", escribió desde su correo: "Necesito que me mandes la dirección de tu casa. Lucas".

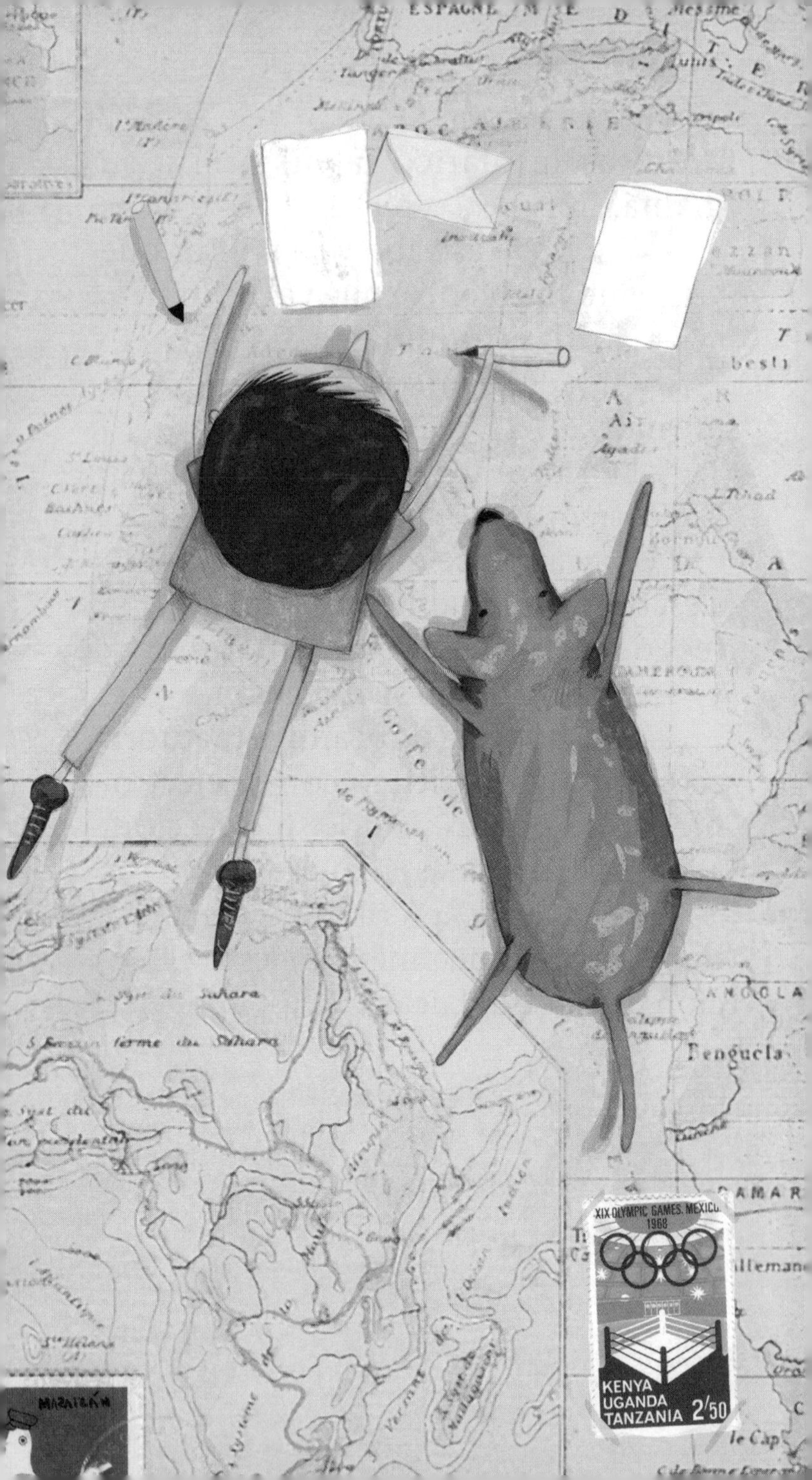
ESPAGNE
ANGOLA
XIX OLYMPIC GAMES, MEXICO
1968
KENYA
UGANDA
TANZANIA
2/50

Cuatro

9 de julio

Hola, Celia:

Sé que te sorprenderá recibir esta carta. Y así será durante un buen rato porque ha sucedido algo terrible.

Tengo muchas cosas que contarte.

De seguro te habrá extrañado que te haya dejado de escribir correos o que no te haya buscado en facebook. Supongo que pensaste que ya no quería seguir siendo tu amigo o que me había muerto. La historia es larga.

Reprobé quinto y mis papás me pusieron de castigo cero domingos y cero computadoras. Creen que porque me la paso frente a la pantalla no estudio lo suficiente. Sí lo hice. A ti te consta que me ayudaste a hacer algunas tareas. Lo que sucede es que no me entran las matemáticas ni la historia ni la biología. No me sirvió de nada haber sacado nueve en español y ocho en inglés para subir mi promedio.

Y lo peor es que me amenazan con que, si no saco al menos 7.5 en mis primeras calificaciones, el castigo seguirá hasta que lo consiga. Y para que eso suceda falta mucho, mucho tiempo. Además, me da tristeza que ya no vaya a estudiar en el mismo salón con mis compañeros.

Ayer estuve tentado a irme a un café internet para contarte todo esto, pero la pensé dos veces: si me cachaban haciendo trampa, me pondrían peores castigos.

Yo creía que escribir una carta, meterla en un sobre, ponerle una estampilla y echarla en el buzón era algo que sólo hacían los viejitos. Pero no: mi mamá me dijo que si quería seguir en contacto contigo, la única manera era hacerlo por carta. Ella me acompañó al correo, que queda por suerte como a dos calles de mi casa. Se enojó cuando le dijeron que ya no vendían timbres, ya que ahora le ponen una estampita sin chiste, y que si quería conseguirlos tenía que ir al correo mayor. Me dijo que esta semana me va a acompañar a comprar estampillas postales de verdad.

Su enojo viene de que mi papá coleccionaba timbres hace muchos años. Me contó que de recién casados pasaban algunas tardes hojeando sus álbumes y que al verlos se hacían ilusiones de viajar a los países de los que provenían las estampillas.

Espero que no te moleste que nos escribamos cartas durante algunos meses.

TQM,
Lucas

Cinco

Lucas no sabía qué hacer con sus días. Por supuesto que no se iba a poner a estudiar si aún no empezaban las clases. A veces se iba con sus primos a jugar juegos de mesa o con un compañero de la escuela que vivía cerca de su casa a andar en patineta en el parque. También sacaba a pasear varias veces al día a Calcetín. Sin embargo, mucho tiempo la pasaba solo sin nada que hacer. No era raro que soñara con su página de facebook o con las fotografías que su amiga solía enviarle.

Hasta que un día se le ocurrió que, para acabar con el aburrimiento, llevaría sus dones como inventor a la cocina. Su primer experimento no fue del agrado de sus papás. Decidió juntar dos de los platillos que más le gustaba comer en uno solo: las enchiladas y el sushi. Tomó unos rollos que habían sobrado de la noche anterior –de pepino, surimi, aguacate y ajonjolí–, los envolvió en una tortilla y los bañó con una salsa de jitomate y un poquito de picante. Aunque él quedó satisfecho con su nueva creación, sus papás la probaron con desconfianza y al final emitieron su opinión:

—No creo que sea una combinación afortunada –dijo su papá.

—Si un japonés prueba esto, seguro

se enojaría contigo –afirmó su mamá, y fue a lavarse los dientes.

Su hermana ni siquiera se dignó a probar un bocado.

Seis

18 de julio

Hola, Lucas:

Pensé que te habías muerto. Desde hace casi una semana no sabía nada de ti hasta que me llegó tu carta. No sabes lo que sufrí pensando que algo te había pasado, que te habían atropellado o que habías pedido un aventón a un cohete para irte a la Luna. Me dio mucha alegría saber que estabas bien, a pesar de que reprobaste el año. Lo siento mucho.

Me gusta tu letra. Es tan pequeñita que parece que sale de la pluma de un gnomo. Y también da la impresión de

que cada una la escribes como si fuera un dibujo. En cambio, yo apenas me entiendo. Por más que mi maestra me pone a hacer ejercicios de caligrafía no logro mejorar la letra.

A mí también me sucedió algo terrible. Mi señora madre decidió inscribirme en un curso de verano sin consultarlo conmigo. En las clases de baile, por más que me esforcé en seguir los pasos, todo me salía mal. Me equivoqué y me tropecé tantas veces que llegó el momento en que el maestro me dijo, enfrente de los demás, que parecía futbolista. Por supuesto que todos se rieron de mí, especialmente Marifer, que es la portera del equipo de la escuela República de Argentina y a quien le he metido más de diez goles.

En la clase de pintura tampoco me fue bien, ya te dije que mi letra es horrible, como lo habrás podido comprobar. Pues en los ejercicios de dibujo que me pusieron fui la peor, y la maestra me dijo lo mismo, que mejor debería dedicarme a jugar futbol. Y yo creo que eso voy a hacer, a entrenar con mi equipo. Espero que mi señora madre me lo permita, debe entender que yo nací para estar en la cancha con un balón en la punta del zapato y no para ser bailarina o pintora.

Hoy voy a ver la película *Terror en los vestidores*, que según me cuenta una amiga está como para hacerte pipí del miedo. ¿La están pasando en la Ciudad de México? Si puedes, ve a verla para que la comentemos.

Apúrate para sacar buenas calificaciones el año que entra porque ya te extraño en el facebook. Mientras tanto, te seguiré escribiendo cartas y esperaré las tuyas.

Tu amiga,
Celia

Siete

Un día antes de que recibiera la carta de su amiga, a Lucas se le ocurrió un nuevo invento. Desde hacía una semana había notado que su perro, Calcetín, se rascaba a cada rato y comía poco. Preocupado por su salud, decidió crear un alimento que lo ayudara a estar fuerte y que además le quitara las pulgas. Mezcló las croquetas que siempre comía con tres pastillas trituradas de las vitaminas que a él le daban, un poco de pasta de dientes para las caries, algunas muestras de medicinas que su papá tenía en la casa, jabón antipulgas *Mascota Feliz* y, para hacerlo más apetitoso, un poco de comida que había sobrado del día anterior (carne con papas, espagueti y tortilla).

Calcetín se acercó con curiosidad al plato que le había servido su dueño. Estuvo olfateando durante un rato sin atreverse a probar aquel revoltijo. Como vio que no se animaba a probarlo, Lucas tomó una cuchara para ayudarlo, pero fue imposible: el perro no aceptó ni un solo bocado. Dejó el plato sin haber probado ni siquiera una croqueta. "En algún momento le dará hambre y no le quedará de otra que comer", pensó Lucas y se encaminó a casa de sus primos.

Por la noche, fue a ver si Calcetín ya se había dignado comer al menos un poco de su invento, pero no, el plato seguía tal y como se lo había servido. "Ya le dará hambre", volvió a pensar.

Lo primero que hizo a la mañana siguiente fue ir al patio donde dormía su perro para comprobar si ya había comido. Se encontró con que el plato estaba vacío. Ahora tendría que esperar para ver los efectos. Anotó en su cuaderno de inventos los ingredientes que había utilizado y luego un comentario: "Calcetín no se ve muy feliz. Eso significa seguramente que mi fórmula está trabajando en su estómago".

Ocho

25 de julio

Querida Celia:

Una súper buena noticia y otra no tanto. Resulta que siempre sí pasé de año. Mi mamá me dijo que le había llamado la directora de la escuela para informarle que podía entrar a sexto, pero que tendría que aplicarme más para que no volviera a suceder lo de este año. Claro, dije, seguramente se equivocó la maestra al calificar mis exámenes.

Pero no fue así. Más tarde escuché que mis papás platicaban acerca de que me habían dejado entrar a sexto porque tenían pocos alumnos ese año y muchos en quinto. Pensé que si ya había pasado me darían permiso de volver a usar la computadora. Me equivoqué. Mi papá me dijo que el castigo no se levantaba hasta que les enseñara la boleta de calificaciones con más de 7.5 de promedio. Como si se hubieran puesto de acuerdo, la directora de la escuela dijo lo mismo, que si no tenía ese promedio me regresaría a quinto.

De todas maneras, esto de escribir cartas y recibir las tuyas me está gustando más de lo que imaginaba. Pude leer perfectamente lo que me escribiste. No entiendo por qué dices que tienes mala letra.

Fui a ver *Terror en los vestidores*. No sé cómo te parezca a ti, pero a mí no me dio miedo cuando el hombre lobo se empezó a llenar de pelos por todas partes y se apareció en los vestidores de la escuela. Prefiero las películas de vampiros o de zombis.

Otra noticia es que inventé una fórmula para que Calcetín se pusiera más fuerte y de paso se le quitaran las pulgas.

Creo que mi invento va a funcionar. Ya te estaré platicando, porque si funciona bien supongo que me haré famoso y ganaré mucho dinero y todo eso. Mis papás estarán orgullosos de mí, me levantarán el castigo, me comprarán una computadora nueva para mí solito y me llevarán a Mazatlán para visitarte y meternos juntos al mar.

Mañana tengo planeado hacer otro gran invento en la cocina, mejor que las enchiladas de sushi que hice y que a mis papás no les gustaron. Voy a preparar unas panadillas, que son como las quesadillas pero rellenas de pan tostado. Estoy seguro de que ahora sí los voy a sorprender.

Me despido porque tengo que ir a casa de unos primos a comer. Supongo que jugaremos toda la tarde. De paso voy a depositar esta carta en el buzón de correos.

Espero que estés bien y TQM,
Lucas

Nueve

Lucas volvió a prepararle a Calcetín su platillo, aunque con una variante: en vez de carne con papas, espagueti y tortilla, incluyó una albóndiga y dos zanahorias hervidas. La historia se repitió: al principio su mascota no quiso probar bocado, pero a la mañana siguiente el plato volvió a amanecer vacío. Al perro se le veía aún triste y cansado, pero con un cambio: ya no se rascaba el cuerpo para quitarse las pulgas.

Ese mismo día preparó sus quesadillas de pan tostado, que a él le parecieron exquisitas, ya que a la mera hora decidió añadirles un poco de catsup. Su hermana se comió dos. En cambio sus papás salieron otra vez con que era una pésima combinación la de la tortilla con el pan.

Dos días más tarde, el papá de Lucas dijo que había notado algo raro en Calcetín y sugirió que lo llevaran al veterinario.

—Seguramente comió algo descompuesto. Es muy extraño verlo todo el día echado y sin ganas de jugar.

Esa misma tarde, la mamá y sus dos hijos llevaron al perro con el doctor Cordero. Desde que vio al animal dijo que se le notaba muy enfermo.

—Creo que va a quedarse conmigo hasta mañana para que lo pueda examinar con tiempo. Yo les llamo antes si encuentro algo.

Al día siguiente llamó el doctor Cordero:

—Creo que alguien ha tratado de envenenar a Calcetín. Le tuve que hacer un lavado de estómago para curarlo de la grave intoxicación que tenía. Me quedaré con él un día más para estarlo checando.

Diez

27 de julio

Querida Celia:

No esperé a recibir otra carta tuya antes de volverte a escribir.

¿Qué crees? Pues que alguien trató de envenenar a Calcetín. Tuvo que estar con el veterinario dos días para que le lavaran el estómago. Pobrecito. Yo creo que por eso la fórmula que le di no estaba funcionando. Ahora tendré que esperar un poco antes de volvérsela a preparar, ya que el doctor le dio una dieta para que se ponga bien.

¿Quién habrá sido? Hay una vecina que se queja mucho de que Calcetín ladre. ¿Qué otra cosa hacen los perros sino ladrar? ¿Quería que maullara como gato? ¿O que llorara como su bebé? Sin embargo, no creo que haya sido ella. Salvo porque a veces escucho que se queja de los ladridos de Calcetín, suele ser muy amable. La Navidad pasada nos regaló unos tamales que ella había hecho.

Estoy seguro de que Santi, un compañero de la escuela que vive en la misma cuadra que yo, me tiene envidia porque su perro es tan feo que nadie se atreve a hacerle una caricia. Es de esos niños que siempre sacan dieces y que son los consentidos de la maestra. La verdad es que no me cae muy bien y yo tampoco soy de sus simpatías. No me imagino que pueda haberse saltado la cerca de mi casa para envenenar a Calcetín. Es un poco torpe y un poco más que gordo. Lo descartaría de los posibles culpables.

Me queda Lolita, la hija de mi vecina, la misma que se queja de los ladridos de Calcetín. Sospecho de ella porque es muy cruel con los animales. Una vez la vi que agarraba a un gato recién nacido por la cola y le daba vueltas. Pero tiene seis años y dudo mucho que se le ocurriera envenenar a mi perro.

Te mando estos dibujos que hice de los sospechosos para ver si tú me puedes ayudar a averiguar quién trató de matar a Calcetín.

Tu amigo, Lucas

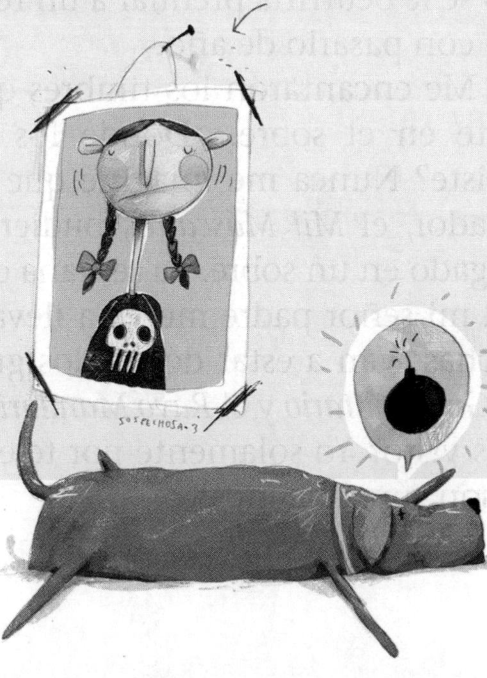

Once

2 de agosto

Amigo Lucas:

¡Cuánto tiempo tardó en llegar tu carta! Ya estaba ansiosa por recibirla.

¡Qué suerte la tuya! Pasar a sexto porque les faltaban alumnos es una gran suerte. En mi escuela eso no sería posible. Aunque hubiera un alumno en sexto y cien en quinto, a la directora no se le ocurriría premiar a un reprobado con pasarlo de año.

Me encantaron los timbres que pusiste en el sobre. ¿Dónde los conseguiste? Nunca me imaginé que un luchador, el *Mil Máscaras*, pudiera estar pegado en un sobre. La semana que entra mi señor padre me va a llevar a las luchas. Van a estar dos de los grandes: el *Gato Solitario* y el *Rayo Mandarín*. ¿Los has visto? Yo solamente por televisión. Y son súper buenos.

Ojalá que tu fórmula para curar a Calcetín funcione tan bien como dices. Me gustó mucho el dibujo que me hiciste de él junto a su plato. Se ve que es un perro cariñoso. Tengo ganas de que seas famoso. Y es que la verdad sí me encantaría que vinieras a Mazatlán. Podríamos pasear por el malecón y meternos al mar, especialmente en estas fechas porque está más calientito. En invierno, ni a quien se le ocurra meter un pie.

Lo de las panadillas suena muy bien. Yo misma me voy a hacer una para probarla. Hasta podría darle la receta a mi señora madre para que las venda en su restaurante. Podrían ser un gran éxito.

Me junté con mis compañeras de equipo para practicar un poco y no perder la condición física. Somos las Ballenas. Quedamos de jugar el próximo domingo contra las Estrellas de Mar, que es el equipo de la escuela República de Argentina, la misma de la niña Marifer que se burló de mí en el curso de verano. Cuando menos le voy a clavar dos goles.

Aunque mi escuela está cerrada en las vacaciones, convencimos a la directora de que nos dejara usar la cancha para entrenar. ¿Te platiqué cómo es nuestro uniforme? La playera es amarilla con una franja azul, el calzoncillo es anaranjado y las medias rosas. Todos dicen que es un uniforme horroroso. A nosotras no nos parece así. Lo dicen por envidia, ya que somos el primer lugar en la liga de la zona escolar. Y yo, la líder de goleo. Nuestra porra dice: "Matán, matín, matatenas, matán, matín matatenas, que ganen, que ganen las Ballenas". ¿Te gusta?

Mi señor padre se va mañana de viaje a no sé qué país de África. Tiene que ir a un congreso de gente que estudia murciélagos. Le pedí que me trajera timbres de los países que visite.

Mañana nos toca sacar los sillones de la sala a la calle para golpearlos con la escoba y quitarles el polvo. Todos los veranos hacemos lo mismo. También tenemos que sacar todas las cosas de los clósets para limpiarlas y desempolvarlas. Dice mi señora madre que mi abuela siempre hacía lo mismo. Va a ser un día cansado.

Y lo peor es que hoy por la tarde me toca dentista. Snif.

Te quiero mucho,
Celia

Doce

El mismo día en que Celia se dedicaba a golpear los sillones de su sala para quitarles el polvo, Lucas volvió a recibir otra pésima noticia.

—El próximo jueves nos vamos a ir de vacaciones –le anunció su mamá–. Pero tú no irás con nosotros porque el castigo sigue en pie, ¿estás de acuerdo?

Lucas asintió con la cabeza. Aunque se le antojaba mucho, sabía que no lo llevarían consigo por más que les rogara.

—Resulta que a tu papá le prestaron un departamento en la playa y nos

iremos con tu hermana, de jueves a domingo.

A Lucas le dieron ganas de llorar, pero se aguantó las lágrimas.

—Ya hablé con tus tíos y esos días te podrás quedar con ellos.

Se imaginaba que eso sucedería. Ya en otras ocasiones su hermana y él se habían quedado a vivir con sus tíos y sus primos cuando sus papás viajaban juntos.

—Y por supuesto están sobre aviso de que no podrás usar la computadora.

Sabía que se lo iba a decir.

—Lo que menos te va a gustar de todo esto es que la playa a la que vamos está en Mazatlán, donde vive tu amiga.

La noticia le cayó como un rayo fulminante. Ahora sí fue imposible que las lágrimas no se le salieran. Su mamá lo abrazó mientras Lucas le prometía cantidad de cosas: que sacaría las mejores calificaciones, que haría los mejores inventos para que estuvieran orgullosos de él y que lavaría los platos de la comida todo un año con tal de que lo dejaran ir con ellos a Mazatlán.

—Lo he platicado ya con tu papá y los dos coincidimos en que para ganarte unas vacaciones tienes que demostrarnos primero que eres un buen estudiante. Hasta que no nos muestres tu boleta con un promedio de 7.5 o más, el castigo seguirá en pie.

Aunque siguieron más y más promesas, su mamá fue determinante:

—No hay manera de que nos convenzas.

Trece

4 de agosto

Hola, Celia:

Cuando leas esta carta, supongo que ya sabrás lo que ha pasado. Mis papás y mi hermana estarán en Mazatlán y yo en casa de mis tíos. Hice todo lo posible por convencerlos de que me portaría súper bien y de que sería el mejor estudiante con tal de que me dejaran acompañarlos, pero no hubo manera de ablandarles el corazón. Como sabrás, estoy muy triste. No he dejado de enojarme conmigo mismo por lo poco que estudié para presentar muchos exámenes.

Lo único que gané fue que te entregaran en tu casa esta carta. La metí en un sobre y le puse timbres aunque no los necesitara, sólo porque me gustan

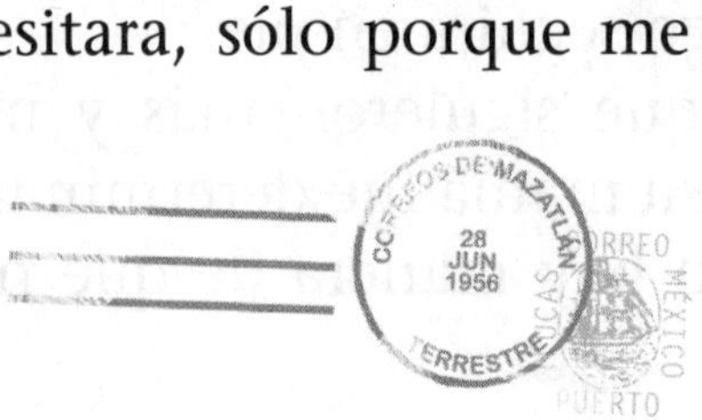

mucho y porque tengo de sobra para seguirte enviando cartas por correo. Te mando también unos regalos que me hubiera gustado darte en persona.

Sólo me queda pensar que el amigo de mi papá que le prestó el departamento en Mazatlán se lo vuelva a prestar para fin de año. Si saco buenas calificaciones, de seguro convenzo a mis papás de que vayamos en diciembre, aunque el mar esté helado y no podamos nadar. Voy a sacar de promedio más de ocho. Te lo aseguro.

Catorce

4 de agosto

Amigo Lucas:

Me parece horroroso que alguien trate de envenenar a un perro, y menos a Calcetín, que se ve muy dulce y que además tiene un nombre maravilloso.

Según veo en tus dibujos, quien me parece más sospechosa es tu vecina, la señora madre de Lolita. Pero por lo que me cuentas es difícil que ella haya querido asesinar a tu perro.

Como mis dibujos son los que haría una futbolista, prefiero mandarte algunas fotos.

Hice las panadillas y por supuesto que me encantaron. Creo que tus inventos en la cocina son geniales. También les preparé unas a mis señores padres. Primero las vieron con desconfianza, pero al fin cada quien se comió una. Supongo que no les gustaron tanto como a mí, ya que no me dijeron nada.

Conocí al cartero que deja en el buzón tus cartas. No se me había ocurrido pensar que una persona es la que me trae tu correspondencia. Alcancé a ver algunos de los sobres que iba a repartir. Ninguno tenía estampillas como las que tú y yo nos enviamos.

Quince

11 de agosto

Amigo Lucas:

¡Qué tremenda sorpresa me llevé cuando tus papás y tu hermana me entregaron tu carta y tus regalos y me explicaron lo que había pasado! No lo podía creer: ¡conocerlos primero a ellos que a ti! Cuando abrí la puerta y me dijeron quiénes eran me quedé muda. Supongo que habrán pensado que yo era una tonta. Como llegaron más o menos temprano, mi señora madre todavía estaba en la casa y los invitó a pasar y a tomar un café. Luego les dijo que fueran a su restaurante. Quedamos en vernos el sábado.

Cuando se fueron, abrí tu carta con mucha emoción. La leí tres veces seguidas. Luego me puse a ver los regalos que me enviaste. Muchas gracias, Lucas, por los chocolates, la camiseta, la máscara del *Gallo Picudo*, tus dibujos y los muñequitos de luchadores. Y también por los aretes. Están muy chidos. Aunque no tengo agujeros en las orejas, me los voy a hacer para estrenarlos. Y sobre todo muchas gracias por ser mi amigo.

Hoy fui a entrenar con las Ballenas para el partido de mañana. Estoy segura de que vamos a ganar. Luego del entrenamiento corrí al restaurante de mi señora madre para comer con tu familia. Los tres estaban muy contentos. Comieron el ceviche por el que es famoso El Pez Espada. Lleva pescado fresco, jitomate, aguacate, cebolla, manzana y yerbabuena. Yo ya estoy medio harta de comerlo, pero he de reconocer que es delicioso. Tu señor padre no dejaba de decir que era el ceviche más exquisito que había probado en su vida. Luego comieron pez espada a la mantequilla y camarones a la pau pau, que es otro de los platillos famosos del restaurante.

No sabía que te dicen *Negro*. ¿Por qué? Ahora comprendo tu dirección de correo electrónico:

lucasnegro@gmail.com.

¡TUS PAPÁS!
CORREO
MEXICO
LUCAS

La tarde la pasé con tu familia. Aunque seguía teniendo coraje con tus señores padres por ser tan rigurosos contigo, la pasé muy bien. Son fabulosos. Tu hermana Elena me parece muy bonita y súper chistosa. Estuvimos en la alberca del lugar en el que se están quedando, caminamos por la playa, fuimos a comprar conchas y caracoles y me invitaron a tomar un jugo de guayaba.

Ahorita son casi las nueve de la noche. Quedé con tu familia que mañana irían los tres a ver el partido de futbol. Creo que voy a estar inspirada para ganarle a las Estrellas de Mar. Cuando menos le pienso meter dos goles a Marifer.

Les voy a dar esta carta para que te la lleven y también algunos regalitos para ti.

Desde ahora, más que nunca, no dejo de pensar en el día en el que nos veamos frente a frente.

Te mando muchos abrazos,
Celia

Dieciséis

El domingo, Lucas estaba muy nervioso. Tenía muchas ganas de ver a su familia y escuchar lo que le contaran acerca del encuentro con su amiga. Hacia las ocho de la noche le llamó su mamá desde el aeropuerto de Mazatlán para decir que el vuelo estaba retrasado y que llegarían muy tarde. A las diez, sus tíos lo mandaron a la cama.

—Te prometo que tempranito te llevamos a tu casa –le dijeron al verlo tan desconsolado.

Casi no pudo dormir de la excitación. A la seis ya estaba despierto, listo para subirse al coche de su tía. Tuvo que esperar a que dieran las ocho y media para que eso sucediera.

Elena fue la encargada de darle a su hermano lo que su amiga Celia le había enviado. Y luego no le paró la lengua. Le contó todo lo que había vivido al lado de ella: la alberca, el mar, los dibujos en la arena, las risas, la comida y por supuesto la plática acerca de cómo era Lucas. Luego le hizo una crónica del partido de futbol en el que las Ballenas le habían ganado a las Estrellas de Mar 5 contra 1, con tres goles anotados por Celia.

—Te deberías casar con ella –le dijo en un tono muy serio–. Es súper.

Luego de escuchar el relato de Elena, se fue a su cuarto. Leyó la carta dos veces y después fue sacando de la bolsa los regalos que le había enviado Celia: una fotografía de las Ballenas con su

vistoso uniforme, un libro intitulado *Las brujas,* una gorra de beisbolista que decía *Mazatlán,* una caja con lápices de colores, varias conchas y caracoles y algunos dulces de leche.

Diecisiete

15 de agosto

Hola, Celia:

Me leí de inmediato el libro que me mandaste. Son de esos cuentos que te lees de principio a fin. Me encantó la idea del Ratonizador de Acción Retardada, aunque no me gustó tanto que las brujas hayan convertido al niño en ratón. Pensé que al final volvería a ser como era antes, pero no, llegué a la palabra FIN y el niño siguió siendo un roedor. Si al menos le hubiera pasado lo mismo a su abuela... De ahora en adelante ya no volveré a hacer ninguna trampa para ratones, no vaya a ser que se trate de niños embrujados.

Qué bueno que le metiste tres goles a Marifer y que las Ballenas ganaron con goliza. Elena me hizo una reseña del partido y dijo que lo disfrutó más que las veces que hemos ido a un estadio. Me cantó la porra no sé cuántas veces. Y piensa lo mismo que tú, que el uniforme de tu equipo es el más original que ha visto en su vida.

Ya faltan unos cuantos días para regresar a clases. Y aunque no lo creas, tengo ganas de que ya se acaben las vacaciones y empiece la escuela. Con tal de que me vuelvan a dejar usar el internet soy capaz de estudiar más de dos horas por las tardes. Extraño mucho las veces en las que abría mi facebook y me encontraba contigo para chatear. Supongo que cuando lo podamos hacer, extrañaré los momentos en los que te escribía cartas, como ahora.

Me dicen *Negro* por una broma que mi padre le hacía a mi abuela materna. Le aseguraba que cuando yo naciera sería negro porque mi bisabuelo era cubano. Ella se escandalizaba. Desde que nací, mi padre empezó a decirme *Negro* y así me llama de cariño casi toda mi familia. Si quieres tú también puedes hacerlo.

Muchos saludos,
Lucas

Dieciocho

El fin de las vacaciones tuvo un remate importante para Lucas porque su papá le mostró sus dos álbumes de filatelia. El primero estaba más ordenado y sólo incluía estampillas postales de México. Le mostró especialmente las que correspondían a las Olimpiadas de 1968 y al Mundial de Futbol de 1986.

—Un día, hace como quince años, me enteré de que un compañero con el que había estudiado la carrera tenía un problema económico y quería vender su colección de timbres. Aunque a mí no me interesaba la filatelia, se la compré a plazos con tal de ayudarlo. Además de ser un buen amigo, una vez me ayudó a cambiarme de casa. Justo el día en el que tenía que hacer la mudanza, tuve dos cirugías muy complicadas y él se ofreció para terminar de empacar e irse con el camión para hacer el cambio. Su ayuda fue muy valiosa porque yo tenía que desocupar el departamento en el que vivía. Eso fue un poco antes de que conociera a tu mamá.

Lucas se detenía en cada página del álbum para admirar las imágenes de los sellos.

—Para no hacerte el cuento más largo, compré su colección y a partir de entonces me encantó coleccionar sellos postales. Cada mes hacía un ahorro para ir al Correo Mayor a comprar timbres.

—¿Y todavía sigues haciendo la colección?

—Hace ya mucho tiempo que no abría siquiera los álbumes. Puedes quedarte con ellos estos días, antes de que entres a la escuela, para que los veas con calma.

Luego le dio un sobre.

—Todos los que están aquí no tienen gran valor, o bien están repetidos. Así es que si los quieres son tuyos. Mira especialmente éste: es el primer sello postal que se hizo en el mundo, en la Gran Bretaña. Tú creerás que es demasiado valioso, pero no tanto, ya que se hicieron muchos millones de él.

Diecinueve

Las clases empezaron con algunos tropiezos. Celia tardó una semana en entrar a la escuela porque un huracán tocó tierra muy cerca de Mazatlán. El viento era tan fuerte que arrastraba casi todo lo que había en las calles. Desde la ventana de la cocina veía volar bolsas de basura, ramas de árboles, una bicicleta, una silla y todo tipo de objetos, grandes y pequeños. Luego llegó la lluvia, que empezó a inundar las calles hasta convertirlas en ríos. La luz iba y venía

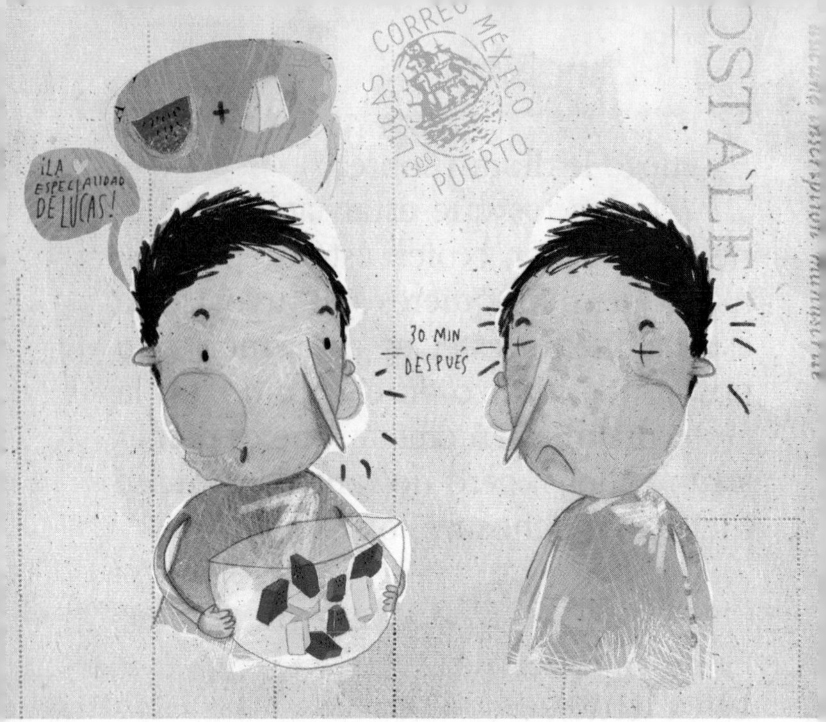

y el teléfono no siempre daba línea. Las noticias decían que se trataba de un huracán muy agresivo y que los habitantes del puerto debían tomar muchas precauciones, entre ellas posponer la entrada a clases, abrir albergues para aquéllos que estaban en situación de riesgo y los demás permanecer en sus casas, así como tapiar ventanas, tener alimentos que no necesitaran cocinarse, cerrar las tomas de gas y no tener pánico.

Lucas entró dos días después que sus compañeros porque la noche anterior al inicio de clases se enfermó del estómago con otro de sus inventos: ensalada de sandía con queso feta, que le gustó tanto que se la terminó él solo. Su papá le dio dos pastillas para la indigestión y lo puso a una dieta de gelatina y agua. Para el miércoles ya estaba bien. Algunos se sorprendieron al verlo entrar al salón, pues se habían quedado con la noticia de que había reprobado de año.

Veinte

23 de agosto

Querido *Negro*:

¿Cómo te va de principio de clases?

Yo todavía no entro a la escuela por el huracán Rosaura. Ya van dos días seguidos en los que no para de llover y llover y llover. Por supuesto que estamos mis señores padres y yo encerrados en la casa. Ni siquiera abrió el restaurante. Y además no ha habido luz. Lo que significa que no hay computadora, ni televisión. Por eso me la he pasado leyendo. Uno de los libros que leí te va a encantar. Se llama *Siete esqueletos decapitados*. Es de terror. Me lo devoré toda la tarde de ayer. Tiene casi 300 páginas. No te cuento de qué trata para que lo busques en una librería y lo leas. Vas a ver que desde el principio te atrapa.

Al parecer ya mañana o pasado mañana iré a la escuela. Las noticias dicen que lo peor ya pasó y que poco a poco vamos a entrar en la normalidad. Para mí han sido unas vacaciones muy largas. Ya tengo ganas de ver a algunas de mis amigas y de empezar el año con nuevos libros y cuadernos.

Salúdame a Elena y a tus señores padres.

Y abrazos para ti,
Celia

Veintiuno

3 de septiembre

Querida Celia:

No me ha ido tan bien en la escuela. Resulta que entró un nuevo niño, llamado Arturo, que se ha empeñado en hacerme enojar. Ayer me di de golpes con él. No sólo me robó la torta que llevaba para comer en el recreo, sino que además lo presumió a todos y se burló de mí diciendo que mi mamá no sabe ni siquiera hacerme algo bueno para comer en la escuela. Le di un buen puñetazo en la cara y luego los dos nos fuimos al suelo a seguir dándonos de golpes. Una maestra nos separó y terminamos en la dirección. Como te imaginarás, la directora me echó un buen sermón y me dijo que si no me comportaba me regresaría a quinto. Por fortuna no le llamó a mi mamá, aunque ella se dio cuenta de lo sucedido porque llegué a la casa con raspones en los codos y las rodillas.

Mi nuevo maestro tampoco está muy contento conmigo. Dice que no le parece justo que me hayan dejado entrar a sexto y que me tendrá bien vigilado. Por lo que puedes ver, es un principio de año escolar nada alentador.

Mis papás ya me permiten usar la computadora para hacer la tarea, aunque sin internet. Ahora tengo que investigar todo en la enciclopedia, en libros de la biblioteca y también en la clase de computación. Estuve por un momento tentado a meterme a mi facebook pero no lo hice porque el maestro ya está al tanto de mi castigo.

Para español voy a tener que escribir una biografía y una autobiografía. Me parece divertido que otros lean lo que voy a decir sobre mi vida y también conocer lo que escriban mis compañeros. En cuanto a la biografía aún no sé a quién elegir. ¿Alguna recomendación?

Espero que ya esté mejor el clima en Mazatlán y que ya hayas ido a la escuela.

Muchos saludos y espero carta tuya,
Lucas

Veintidós

10 de septiembre

Querido *Negro*:

Cuando pasó el peligro del huracán y salí de mi casa me di cuenta de lo terrible que estuvo. Había basura por todas partes, tanto en las calles como en la playa, algunos árboles caídos, coches volteados, varios botes y lanchas fuera del mar. Muchas personas tuvieron que dejar sus casas y dormir en albergues. Llegó una buena cantidad de soldados y marineros para ayudar a quienes lo necesitaban. Nunca pensé que un huracán fuera así. Tu señora madre le llamó por teléfono a la mía para saber cómo estábamos. Me dio mucho gusto. Estoy muy agradecida por ese detalle.

Mi escuela también estaba llena de basura. El primer día de clases nos la pasamos limpiando y recogiendo cosas. Algunos libros de la biblioteca se mojaron y quedaron inservibles. Snif.

A pesar de todo, me dio mucho gusto ver a algunas de mis amigas y platicar con ellas acerca de lo que había pasado durante el verano. Por supuesto que les platiqué de ti porque casi todas te conocen por el facebook. No la podían creer cuando les dije que conocí a tu hermana y tus señores padres antes que a ti. Y además que fueron al partido en el que derrotamos al equipo de Marifer. También se quedaron con la boca abierta cuando les platiqué que habías

reprobado de año pero que te pasaron porque había pocos alumnos en sexto.

Lo que me cuentas del tal Arturito me parece horrible. Qué bueno que le estrellaste el puño en las narices. Ese tipo de chavos que sólo se sienten bien si molestan a alguien son lo peor de lo peor. Cuando iba en cuarto, una niña llamada Rebeca se dedicó a hacerme la vida imposible. No me agarré a golpes con ella porque de seguro le ganaba. En cambio, ayudé a que la echaran de la

escuela porque la caché tratando de envenenarme. Sin que yo me diera cuenta, o eso creía ella, le untó a mi sándwich algo que parecía como chocolate o mole, y que en realidad era una salsa que había preparado con chile, pimienta e insecticida. Pues hice como que lo mordía y de inmediato me puse a hacer el papel de una niña envenenada. No me la vas a creer, pero me tiré al suelo e hice como que me faltaba el oxígeno y me desmayaba. En fin, Rebeca acabó tan impresionada con mi actuación que confesó lo que había hecho y la corrieron de la escuela.

Yo también voy a tener que escribir una biografía y una autobiografía. Para la primera estaba indecisa entre el *Mil Máscaras* y tres o cuatro jugadores de futbol. Sin embargo, la maestra me dijo que el personaje que eligiera tenía que estar muerto. Como no se me ocurrió de momento nadie, ella me lo impuso: tendré que hacerla sobre uno de los mazatlecos más famosos, Pedro Infante. Como comprenderás no me encanta la idea. ¿A ti te gustaría?

Vi también en el libro de español que para el cuarto bloque vamos a tener que escribir cartas personales. Supongo que no será difícil para ninguno de los dos sacar diez de calificación.

Escribe pronto,
Celia

Veintitrés

18 de septiembre

Hola, Celia:

Pues el tal Arturito, como tú le dices, no ha dejado de molestarme. Había tratado de no hacerle caso y darle el avión, pero fue imposible. Un día, mientras platicaba con un compañero en la cafetería de la escuela, no sé cómo lo hizo pero sin que me diera cuenta se escondió bajo la mesa y me desató las agujetas de los zapatos para volverlas a atar

las unas con las otras, o sea, las de un zapato con las del otro. Al levantarme, por supuesto que me caí y fui a dar al suelo. Todos se rieron de mí. Otra vez, me quitó mi cuaderno de matemáticas para arrancarle la hoja en la que había hecho la tarea. Cada vez que le reclamo, dice que él no fue.

Pero ayer llegó el momento de vengarme. Le jugué una travesura que te va a divertir mucho ahora que te la cuente. Mi mamá me hizo mi torta, como casi todos los días, con queso, jamón, frijoles, aguacate y jitomate. Siempre le quedan deliciosas. Lo que hice con ella, antes de irme a la escuela, fue untarle

un poco de caca de Calcetín. Sí, como lo oyes, caca de perro. Me acordé de lo que me platicaste de esa niña que te quiso envenenar con el sándwich. A la hora del recreo me pasé por distraído para que Arturo me la robara. Y así fue. Al rato, en la cancha de futbol, escuchamos sus gritos de "¡guácala, guácala!", mientras vomitaba lo que se había robado. Más tarde ya todos sabían lo que yo había hecho para vengarme de él y fue la burla del salón. A la salida trató de retarme a golpes, pero era tal la risa de los demás que se dio media vuelta y se fue a su casa. Yo creo que le dio tanto asco que terminó enfermo porque hoy no se presentó en la escuela. Ojalá algún día le pueda hacer lo mismo que tú le hiciste a la tal Rebeca: correrlo de la escuela.

Ya empecé a escribir la biografía. La estoy haciendo sobre un astronauta, Neil Armstrong, que fue el primer hombre que pisó la Luna. Se me ocurrió hacerla sobre él hace unos días porque me puse a ver los álbumes de timbres de mi papá y me encontré con uno en el que se ve la huella de su zapato sobre la superficie de la Luna. ¿Ya te había contado que yo quiero ser astronauta de grande?

Estoy dedicándole una buena parte de la tarde a estudiar y hacer la tarea. De seguro sacaré mejor promedio del que me piden mis papás para dejarme usar de nuevo la computadora con todo e internet.

Espero carta tuya y que estés muy bien,

Lucas

Veinticuatro

En efecto, Arturito Ibáñez se enfermó luego de haberle dado un par de mordiscos a la torta de Lucas untada con heces de Calcetín. Llegó a su casa pálido, con la ropa manchada de vómito y con un humor insoportable. Su mamá le sacó pronto *la verdad*: que un compañero del salón le había invitado un poco de su torta a la que le había puesto antes caca de perro.

—Eso no puede ser. Mañana mismo voy a hablar con la directora –dijo con evidente enojo.

—No creo que sea necesario –dijo Arturo–. Yo puedo arreglar el asunto.

—Por supuesto que no. Ese niño pudo haberte envenenado. A lo mejor te da rabia o moquillo. Es más, voy a llamarle al doctor.

—No, mamá, al doctor no, por favor. Me va a mandar inyecciones.

Por más que su hijo le rogó, la señora Ibáñez tomó el teléfono, marcó el número del doctor y en cuanto le contestó le dijo lo que había pasado. Después de escuchar los síntomas que presentaba el niño, llegó a un diagnóstico y le recetó una inyección y que tuviera un día de reposo.

Veinticinco

25 de septiembre

Querido Lucas:

¡Qué buena divertida me puse con lo que le hiciste al tal Arturito! Se lo merecía de sobra. Me he imaginado el momento en el que le da la mordida a la torta y se da cuenta de lo que está comiendo. ¡Guácala! Me muero de ganas de saber qué pasó al día siguiente. ¿Fue a la escuela? ¿Se enfermó de verdad? ¿Ha tratado de vengarse de ti? ¿Se volvieron a dar de golpes?

Espero que te cuides, Negro, de un tipejo como ése, porque no estaría bien que te expulsaran de la escuela o que te regresaran a quinto sólo por un estúpido niño. Estoy totalmente segura de que algo va a tramar para vengarse de ti. Tienes que estar muy atento a todo lo que hace para no caer en alguna de sus trampas. ¿Se lleva bien con el resto de tus compañeros?

Te cuento que no ha sido una buena semana en esta familia. Resulta que mi señora madre fue al doctor y él le dijo

algo, que yo no sé, por lo que está súper nerviosa. Me late que tiene que ver con alguna enfermedad grave. Me da miedo que sea cáncer. Espero estar equivocada, pero no me dicen nada, sólo que no me preocupe. Como si yo no tuviera edad de entender. La escucho llorar por las noches. Y mi señor padre, que casi siempre se la pasa riendo y relajado, ahora está igual de nervioso.

Cuídate y escríbeme pronto.

Tu amiga,
Celia

Veintiséis

2 de octubre

Hola, Celia:

Me apena mucho lo de tu mamá. Ojalá que no sea nada grave y se reponga pronto. Desde aquí les mando buenas vibras.

Pues se armó un buen numerito con lo de la torta y Arturo. Su madre se presentó en la escuela y le dijo a la directora que yo había tratado de envenenar a su hijo. Nos mandaron llamar a la dirección a los dos. Le aseguré que yo no le había invitado de mi torta, sino que él me la había robado. Luego me echó un largo sermón acerca de las enfermedades que se pueden transmitir a través de las heces de los animales y me recordó que si no me comportaba bien podía enviarme de regreso a quinto o incluso expulsarme de la escuela. A Arturo no lo sacó de que yo le había invitado de mi torta y a mí tampoco de que me la había robado.

Afortunadamente la directora no le dijo nada a mis papás. Yo tampoco. Si se enteran de lo que hice de seguro me aumentan el castigo. Ni siquiera les he contado acerca de todo lo que me ha hecho el muy tonto, que bien merecido tenía comerse la caca de Calcetín.

Desde ese día, en cuanto me ve, se da la vuelta. Trata de no cruzarse conmigo. Mis mejores amigos tampoco le dirigen la palabra. Y al parecer ha perdido el interés por molestarme.

Voy muy adelantado con la biografía de Neil Armstrong. Imagínate que a los quince años ya estaba tomando clases para manejar aviones. Antes de terminar la secundaria tenía su licencia de piloto. Eso significa que quizás en tres años convenza a mis padres de que me inscriban en una escuela de aviación. ¿Te imaginas viajar a la Luna?

Te mando saludos y cuídate mucho.

Tu amigo, Lucas

Veintisiete

10 de octubre

Querido *Negro*:

Por fin ya todo se aclaró: mi señora madre no tiene ninguna enfermedad grave. Me dijo que todo había sido una falsa alarma, que se había hecho unos análisis que le pidió el doctor y que estaba sana y salva. Me siento mucho mejor con esa noticia. De verdad estaba muy nerviosa al ver a mis señores padres tan preocupados.

Qué bueno que la directora no mandó un reporte a tu casa. De seguro desconfió de la versión del tal Arturito. De todas maneras tienes que cuidarte para que el pleito entre los dos no termine mal. Imagínate que ahora te prohíban también escribir cartas.

No estoy muy contenta con la biografía que estoy escribiendo. Por más que veo algunas películas de Pedro Infante no logro conectarme. ¿Habrá algún timbre de él? Me gustaría tenerlo para pegarlo en mi trabajo. En cambio, me gusta mucho la que tú estás escribiendo. Si quieres ser piloto y astronauta no está de más conocer la vida de otros que son famosos.

Las Ballenas estamos entrenando al menos una hora por las tardes. La semana que entra vamos a tener el primer partido del año contra el equipo de una escuela llamada Venustiano Carranza. Nos hemos enfrentado antes dos veces y las dos hemos ganado.

Te mando muchos saludos y espero carta tuya

Veintiocho

18 de octubre

Hola, Celia:

Ahora si se pusieron las cosas muy feas: Arturito me robó mi biografía. Resulta que la tarde del martes escribí la mía en el salón de computación porque a la computadora de mi casa le entró un virus y el técnico iba a tardar en ir a componerla. Al día siguiente, cuando debía entregarla, descubrí que no la tenía en mi mochila. Estaba convencido de que la llevaba conmigo y por más que le juré al maestro que la había hecho no me creyó. Entonces le dije que de seguro estaba en el disco duro de la computadora. Me dio permiso de ir a buscarla y no la encontré: alguien la había borrado. Lo peor es que ese trabajo era la mitad de la calificación.

El jueves el maestro habló sobre algunos de los trabajos presentados por todos los alumnos. Cuando llegó al de Arturito, ya te imaginarás: era sobre Neil Armstrong, y además tenía diez de calificación. Me paré enojado y le dije al maestro que yo la había escrito y se armó la grande.

Terminamos otra vez en la dirección, cada uno defendiendo su verdad. La directora llegó a una conclusión lógica: uno de los dos mentía. Nos dijo que iba a descubrir cuál era el tramposo y que habría consecuencias, a menos que en ese momento confesáramos. Insistí en que yo era el autor y Arturo no se desdijo.

Al día siguiente, para comprobar que yo decía la verdad, llevé la libreta en la que había tomado apuntes y la estampilla de la huella de Armstrong que

mencionaba en el trabajo. Arturo llevó un libro sobre el Apolo 11, que fue el cohete en el que viajaron a la Luna, con una biografía de Armstrong y una reproducción del mismo timbre. Digamos que seguía habiendo empate. Entonces se me ocurrió una idea. Le conté a la directora de las cartas que te había enviado en las que te contaba de mis avances en la biografía. Le dije que le podría conseguir tu teléfono para que

te preguntara. "¿Y cómo voy a saber que no me miente?", me preguntó. Me dijo que de todas maneras le diera tus datos y le dijera en qué escuela ibas.

No sé qué va a pasar. El lunes o martes me enteraré y te vuelvo a escribir.

Espero que estés bien

Veintinueve

Esa misma mañana la directora localizó el teléfono de la escuela de Celia y pidió hablar con su maestra. Le explicó el motivo de su llamada.

—Le voy a pedir a Celia que me enseñe esa correspondencia. Si no lo hace, tendría razón en no mostrármela. Es un asunto entre ellos dos. Y no habría por qué sospechar de que nos mintiera: es una chica totalmente confiable.

Al sonar la campana de la salida, la maestra habló con su alumna:

—Me llamó la directora de una escuela en la que estudia un amigo tuyo, Lucas.

—¿Qué le pasó? –preguntó sorprendida y asustada.

—Al parecer hay un conflicto de él con un niño...

—Arturito...

—No me dijo su nombre. Sólo que los dos dicen ser los autores de un mismo trabajo escolar, una biografía del astronauta que pisó por primer vez la Luna.

—Neil Armstrong.

—Dice tu amigo que te ha escrito cartas en las que te cuenta por qué eligió ese personaje y lo que investigó para escribir su biografía. ¿Es cierto?

—Por supuesto que sí. Ese tal Arturito no ha dejado de molestarlo desde que llegó a la escuela.

—¿Te importaría enseñarme esas cartas? Sólo las partes en las que habla sobre el asunto.

—Claro. Se las traigo el lunes. Ojalá que expulsen a ese imbécil niño.

—¡Celia! No digas majaderías. Recuerda que soy tu maestra.

El lunes Celia llevó las dos cartas en las que su amigo le hablaba de Neil Armstrong, del timbre con su huella y de sus deseos de ser astronauta. La maestra leyó los fragmentos correspondientes, vio los sobres y revisó las fechas de los matasellos. Enfrente de ella llamó por teléfono a la directora de la escuela de Lucas.

—Las cartas confirman lo que me dijo: el niño estaba preparando la biografía sobre el astronauta. ¿Quiere que le envíe una copia? Celia me dice que no hay problema de que fotocopie esos fragmentos.

—No, con que usted me lo diga es suficiente.

A la hora del recreo, llamó a los dos a su oficina.

—Ya sé quién dice la verdad y quién la mentira. Les voy a dar a los dos una última oportunidad de confesar. Si no lo hacen, el mentiroso será expulsado de la escuela.

Arturo sonrió y no dijo nada. Lucas también se quedó callado. La directora tomó el teléfono y marcó un número.

—Señora Ibáñez, le pido por favor que se presente conmigo.

Treinta

22 de octubre

Querida Celia:

Gracias por salvarme. Ya supe que le enseñaste a tu maestra nuestras cartas y que le llamó a la directora para decirle la verdad. ¡Expulsaron a Arturito! Hubieras visto la cara que puso cuando le llamaron por teléfono a su mamá para que se presentara en la escuela.

Ya tengo asegurado un diez en español. Creo que en matemáticas y biología saco al menos un ocho. Cruza los dedos porque así sea y me levanten al fin el castigo. Mañana me dan los resultados.

Ya conseguí el libro que me recomendaste. No había querido empezarlo hasta que terminaran los exámenes. Al acabar esta carta lo haré para quitarme los nervios de las calificaciones.

¿Cuánto quedaron en el partido de futbol?

Muchos saludos,
Lucas

Treinta y uno

Para: celiaballena@gmail.com
Asunto: Calificaciones
Fecha: 23 de octubre
¡¡¡¡7.9 de promedio!!!! Yupi.

Para: lucasnegro@gmail.com
Re: Lo sabía, lo sabía. Felicidades.

Para: celiaballena@gmail.com
Re: ¿Nos vemos en facebook? ¿O nos seguimos escribiendo cartas?

CORREO
MÉXICO
PUERTO
LUCAS
$3.00

El castigo de Lucas
terminó de imprimirse en 2024
en Litográfica Ingramex, S.A de C.V.,
Centeno 162-1, colonia Granjas Esmeralda,
alcaldía Iztapalapa, 09810, Ciudad de México.
Para su formación se utilizó la fuente ITC Stone Serif
diseñada por Sumner Stone en 1988.